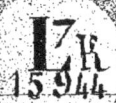

LE

B^x BENOIT-JOSEPH

LABRE

A PERTAIN.

LE

Bˣ BENOIT-JOSEPH

LABRE

A PERTAIN.

—▶—✳—◀—

TRADITIONS RECUEILLIES

Par M. l'Abbé J. GOSSELIN, Curé de Pertain,

MEMBRE DE LA SOCIÉTÉ DES ANTIQUAIRES DE PICARDIE

—◄◎⫯〇⋘◄—

Absit à nobis... ut ejus vestigia relinquamus.
(Jos. 22. 29).

AMIENS,

IMPRIMERIE DE LENOEL-HEROUART,

RUE DES RABUISSONS, 30.

—

1872.

(Extrait de la Picardie.

LE

B^x BENOIT-JOSEPH LABRE

A PERTAIN.

I

Il y a à peine cinq ans que, à Pertain, dans un coude
formé par une rue située au Nord-Ouest du village, et
portant, depuis des siècles, le nom de rue de la Croix, s'é-
levait encore, sur une éminence formée par la nature, un
magnifique Calvaire. Une dizaine de grands arbres, enca-
drant le monticule, ombrageaient de leur feuillage épais une
croix de dimension peu commune ; et, sur la belle pelouse
dont était couvert le versant qui en formait l'avenue, il
régnait, on peut le dire, une animation continuelle ; les
jeunes enfants, attirés par le charme du lieu, y prenaient,
chaque soir, leurs bruyants ébats, en même temps que, dans
un fossé large et profond qui s'étendait auprès, leurs pères
venaient lancer non moins bruyamment leur boule.

En jetant un simple coup d'œil sur les habitations qui
s'étaient, pour ainsi dire, respectueusement rangées autour
de lui, on pouvait croire déjà que le signe sacré du salut

avait assisté, de cette même place, à la naissance de ce
paisible quartier. Une circonstance ignorée de la génération
actuelle, mais qui ne l'était sans doute pas de celles qui l'ont
précédée, est venue, l'an dernier, confirmer cette supposition,
et nous indiquer la raison la plus vraisemblable de la présence, en ce lieu, de l'antique Calvaire.

Un travail de nivellement, entrepris au mois de mars 1870,
et conduit sans beaucoup de goût, y a mis à découvert tout un
cimetière mérovingien. Il paraît dès lors évident qu'on a eu
la pensée, lorsque la foi eut éclairé nos contrées, de protéger
le dernier sommeil des anciens possesseurs du sol, en étendant
sur leurs tombeaux l'ombre tutélaire de la croix (1).

---

(1) Cette découverte est beaucoup plus intéressante au point de vue de
la lumière qu'elle peut jeter sur l'origine du village, que sous le rapport
des antiquités qu'on y a mises à nu.

Dans la partie remaniée, nous avons vu apparaître, à une profondeur de
trente à quarante centimètres à peine, et à côté de quelques squelettes
simplement couchés dans la terre, neuf cercueils, en pierre assez friable,
sans couvercles, disposés sur une ligne légèrement circulaire, et parfaite-
ment orientés.

Leurs dimensions variaient peu. Ils avaient 0,43 centimètres environ de
profondeur, sur 1 mètre 86 centimètres de longueur intérieure. La largeur,
aux pieds, était de 0,30 centimètres, et de 0,70 centimètres à la tête ; et
les parois portaient une épaisseur à peu près régulière de 0,10 centimètres.
Plusieurs de ces cercueils étaient si exactement juxta posés, qu'il y a tout
lieu de croire qu'ils avaient été mis en place, antérieurement à toute
sépulture, à la façon des logettes de nos caveaux modernes. Nous n'avons,
du reste, découvert sur la pierre, ni inscription, ni trace aucune de chris-
tianisme.

Nous aurions été heureux de pouvoir retirer de la terre et conserver dans
son entier un de ces vieux sarcophages où le guerrier franc, après treize ou
quatorze siècles, nous apparaissait encore dans toute la majesté de sa
haute stature et de son attirail de guerre. Mais, — notre amour pour la

Or, pendant la seconde moitié du dernier siècle, c'est-à-dire, de 1768 à 1777, ou environ, un pauvre et modeste pèlerin, que l'Eglise a placé, de nos jours, au rang des bienheureux, vint s'agenouiller, plus d'une fois, aux pieds du Christ monumental qui avait vu passer devant lui tant de générations.

C'était Benoît-Joseph Labre.

Il était, — on le sait, — l'aîné de quinze enfants, et issu d'une famille respectable de la province d'Artois, depuis longtemps en possession de fournir une partie de ses membres au recrutement du clergé Boulonnais (1).

Les premières fois qu'il apparut à Pertain, il était lui-même à la recherche d'une solitude où il pût, en embrassant la vie austère des cloîtres, servir Dieu dans l'abnégation et la pénitence. Poussé par l'Esprit-Saint qui voulait éprouver sa constance, il erra longtemps, de monastère en monastère, de chartreuse en chartreuse, frappant tour-à-tour au Val-

---

science nous fait un devoir de le dire, — nous ne rencontrâmes que peu de bonne volonté. Ossements et cercueils, tout disparaissait avec une effrayante rapidité dans le jeu de boule voisin qu'il s'agissait de combler. A la fin, il nous était même devenu tout à fait impossible de continuer nos investigations.

Cependant, nous avons pu recueillir, entre autres objets, un fer de lance encore muni d'une partie de sa douille, un de ces coutelas connus des antiquaires sous le nom de scramasaxes, quelques morceaux de grosses tuiles, des dents d'animaux, et des débris plus ou moins importants de poteries noires, variées de formes et de dimensions.

Il paraît qu'une contre plaque de ceinturon, ramassée en même temps par l'ouvrier chargé du nivellement, aurait été vendue, peu de jours après, à un courtier d'antiquités de Péronne, accouru à la nouvelle de cette découverte.

(1) Il était né à Amettes, village du canton de Norrent-Fontes, arrondissement de Béthune, département du Pas-de-Calais.

Sainte-Aldegonde, à Neuville, à Mortagne, à Sept-Fonts ; mais il frappait partout sans succès, car Dieu ne l'appelait point à la vie religieuse. Il lui révéla bientôt qu'il devait, abandonnant pour toujours parents, amis, patrie, et tout ce que le monde offre de plus flatteur pour l'esprit et le cœur, mener une vie nouvelle, du genre le plus pauvre, le plus pénible et le plus pénitent ; et cela, non dans un désert, mais au milieu du monde, en visitant dévotement, en pèlerin, les sanctuaires les plus renommés de la catholicité.

Revêtu d'un habit grossier, assez semblable au froc des religieux ; portant, attachées à la courroie qui lui servait de ceinture, la panetière qui ne renfermait jamais que le morceau de pain du jour, et l'écuelle qui lui servait à se désaltérer à l'eau des fontaines, et, plus tard, à recueillir la part du pauvre aux portes des hôpitaux de Rome, il tendit, dès lors, à la sainteté, par une voie que bien peu de serviteurs de Dieu avaient parcourue avant lui.

On se souvient, à Pertain, que sa première visite, en arrivant dans ce village, était pour le Saint-Sacrement. Ce fut, du reste, chez lui, une habitude si douce et si constante de visiter les sanctuaires, que, à Rome, on ne l'appelait pas autrement que le *Pauvre des Quarante heures*.

La belle église de Pertain était alors en reconstruction. Le chœur seul, avec les ailes qui forment les deux chapelles latérales du fond, était achevé. Le bienheureux, prosterné avec l'humilité du Publicain, à l'entrée de la vieille nef qui ne devait disparaître que plusieurs années plus tard, restait de longues heures comme anéanti dans la ferveur de sa prière ; et déjà l'opinion du peuple, édifié de sa piété, le regardait moins comme un pèlerin ordinaire que comme un Saint.

Lorsqu'ils le savaient arrivé au village, les enfants s'empressaient autour de lui, non pas avec cette curiosité narquoise que certains étrangers excitent aujourd'hui en eux, — si cet âge était déjà sans pitié, il n'était pas encore sans respect, — mais avec cette naïve familiarité qui fait le charme particulier de l'enfance, et que la douceur et l'affabilité du serviteur de Dieu savaient si bien leur inspirer.

A la fin du jour, on se réunissait sur le grand Calvaire.

Le bienheureux était toujours entouré de son petit auditoire auquel s'étaient adjointes quelques personnes plus âgées.

A cette époque, on n'avait point encore trouvé, à Pertain, qu'il ne faut, aux enfants des écoles, ni trop « de patenôtres, » ni trop « d'Ave Maria, » de peur de compromettre le succès de leurs études ; le pèlerin avait toujours, à côté de son crucifix, un gros rosaire ; on l'égrenait tout entier avec un religieux entrain, et le bruit discordant de ces voix enfantines répété par les échos du soir, devait former un concert fort agréable pour les oreilles des anges, et attirer sur les petits favoris du bienheureux les bénédictions du Dieu qui aime l'enfance, et qui, seul, peut aussi lui donner la science et la sagesse.

Pour couronner ces pieux exercices, Benoît-Joseph qui professait — on le sait, — un véritable culte pour les missionnaires, et qui avait fait son étude la plus assidue des instructions du Père Aveugle, se faisait missionnaire à son tour ; il adressait à ceux qui l'entouraient quelques-unes de ces bonnes paroles qu'il savait trouver dans son cœur, et qui portaient invinciblement les âmes à l'amour de Dieu.

II

Le serviteur de Dieu ne se borna point à donner à la paroisse l'exemple du zèle ; il voulut lui donner également, et à plusieurs reprises, s'il en faut croire la tradition, un exemple particulier d'humilité.

C'est une pieuse et ancienne coutume dans le village de recueillir chaque samedi, à domicile, ce qu'on appelle le *morceau de pain des trépassés*. Avec le produit de ce pain, vendu le lendemain à l'issue de la messe paroissiale, on chante, en effet, un petit service hebdomadaire pour les défunts. Aujourd'hui, c'est un serviteur de l'église qui est chargé de recueillir la part des morts. Au temps du bienheureux, l'institution avait encore tous les caractères de la piété éclairée qui avait présidé à son établissement ; c'était la personne qui devait rendre le pain bénit qui, en songeant à réunir, dans de nouvelles agapes, tous les fidèles vivants, voulait étendre elle-même ce bienfait aux morts, et les y faire participer par le saint Sacrifice et les suffrages de l'Eglise.

On pense bien que, pour certains paroissiens, il y avait là matière à ennui. Benoît-Joseph n'eut donc pas de peine à obtenir, du quêteur de semaine, l'honneur de le remplacer dans sa besogne. A nul mieux qu'à lui on ne pouvait confier le rôle d'avocat des trépassés, et il s'en acquitta toujours avec une telle humilité et une telle foi que les habitants ne lui faisaient leur offrande qu'avec une religieuse vénération. Qui sait, si le tendre intérêt qu'il sut si bien alors réveiller en eux, pour les âmes de leurs parents défunts, n'eut pas pour effet de maintenir toujours vivace et toujours cher au sein de la population, un usage qui a aujourd'hui disparu de la plupart de nos paroisses (1)?

<h2 style="text-align:center">III</h2>

Deux familles revendiquent encore aujourd'hui, à Pertain, l'honneur d'avoir hébergé le bienheureux pauvre d'Amettes dans le cours de ses pèlerinages ; et son passage y a laissé un souvenir de vertu qui s'y transmet, comme un pieux héritage, de génération en génération.

Dans l'une de ces familles il a plus particulièrement laissé l'édification de sa vie pauvre et mortifiée ; dans l'autre, une preuve non équivoque de son crédit auprès de Dieu.

A l'extrémité Sud du village, dans une petite rue bien solitaire, s'ouvrant, de l'Ouest à l'Est, dans la direction de Dreslincourt, on peut voir, aujourd'hui encore, une vieille masure inhabitée, cachée dans la feuillée des arbres, et servant actuellement de dépendance à une petite ferme qui s'est, pour ainsi dire, élevée sur ses ruines.

Au temps où nous nous sommes reportés pour suivre les traces vénérées du passage du bienheureux, il régnait, sous ce modeste toit, un mouvement et une agitation qui se sont tu depuis longtemps déjà, pour faire place au silence et à la solitude qui l'entourent aujourd'hui. Là vivait, de son travail quotidien, une famille de sabotiers. De jeunes garçons, déjà initiés à la profession de leur père, et quelques ouvriers ou

(1) Ces premiers détails nous ont été certifiés par plusieurs vieillards qui les ont souvent entendu raconter à leurs pères.

apprentis, un peu plus avancés en âge, travaillaient courageusement et joyeusement.

Comme le sabotier de la chanson :

Matin et soir, à l'atelier,
On travaillait sans cesse ;
L'aube naissait,
Disparaissait,
Qu'on était à la peine,
Raclant, forant,
Et rabotant.

Mais si, comme l'artisan de la Bresse, on travaillait, comme lui surtout, on chantait; et on chantait de pieux et d'édifiants refrains, car la famille était chrétienne (1).

Or, ce fut à la porte de cette humble habitation que Benoît-Joseph vint frapper, quand, vers la fin d'une froide journée d'automne, il s'arrêta pour la première fois au village.

Nous devons dire, pourtant, qu'il s'était présenté d'abord à l'entrée d'une ferme voisine qui ne l'avait point accueilli. Plus tard, il est vrai, lorsqu'on entendit vanter, dans cette même maison, l'aménité du pieux jeune homme, et publier les grâces que Dieu répandait sur ses pas, on lui avait spontanément offert l'hospitalité ; mais le pieux pèlerin, qui ne recherchait jamais ses aises, resta fidèle à ses premiers hôtes, qui, de leur côté, le regardèrent toujours comme un membre de la famille.

La vie du bienheureux fut, à Pertain, ce qu'elle était partout, sainte et mortifiée. Préludant dès lors à ces habitudes

(1) Elle portait le nom de Leroy.

de pénitence qui, aux jours de ses pèlerinages à Lorette, lui faisaient choisir pour retraite le four des fermes, le coin le plus humble et le moins apparent de la maison, l'espace laissé libre au-dessous de la cheminée, avait toujours ses préférences. Ayant toute facilité pour s'y tenir à genoux, il n'y était pas gêné et ne s'y gênait pas non plus pour l'accomplissement de ses exercices de piété.

Pendant ces longues soirées d'hiver, autrefois si animées et si joyeuses dans les campagnes, le saint jeune homme trouvait toujours moyen d'instruire, et, ce qui est beaucoup plus remarquable, de se faire écouter avec avidité.

On ne l'appelait, dans la maison, que *notre petit pauvre*, ou : *notre petit prêcheur*.

Benoît-Joseph, nous l'avons déjà dit, ne conservait jamais, des aumônes qu'il recevait, que le morceau de pain du jour, distribuant le reste à tous les pauvres qu'il rencontrait.

Lorsqu'il partageait le modeste repas de ses hôtes, il ne se mettait point à table ; mais, assis, le plus souvent, sur le seuil de la porte que, selon les usages du temps, on avait conservé fort haut, il semblait ne pas vouloir perdre de vue sa route. Chrétien, pèlerin sur la terre, il n'oubliait jamais qu'il n'avait point à s'arrêter aux agréments du paysage, et qu'il ne devait avoir d'aspiration que pour la patrie des cieux.

Un jour cependant notre bienheureux parut sortir un instant de ses habitudes pauvres et mortifiées. Il était arrivé, comme d'ordinaire, à la tombée de la nuit, dans la demeure hospitalière qui l'avait accueilli tant de fois ; tout à coup, après avoir salué par ces paroles qui lui étaient familières : *Louons Jésus et Marie !* il retira assez lentement de sa panetière... un morceau de viande !

. On ne lui avait jamais vu pareille fortune ; on en fut surpris.

Sur sa demande, on lui donna d'abord tout ce qui était nécessaire pour faire cuire ce mets tout à fait extraordinaire, et, à la fin, la ménagère se chargea elle-même de ce soin.

Lorsque tout fut prêt, Benoît-Joseph voulut faire, à son tour, à toute la maison, les honneurs de son festin. On s'en défendit d'abord du mieux possible, en alléguant que l'accueil qu'on lui avait toujours fait n'appelait pas, et ne pouvait même justifier une semblable prodigalité. Cependant, sur l'assurance donnée par le pieux pèlerin que si on n'acceptait pas son invitation, il ne toucherait pas lui-même au gala, on finit par se rendre à ses désirs.

. C'était son repas d'adieu.

Le lendemain, il partit au réveil, et on ne le revit plus.

IV

Une petite fille de la maison, qui avait six ou sept ans quand le bienheureux honorait ainsi de sa présence la demeure de ses parents, conserva toujours, de son séjour dans sa famille, les souvenirs les plus précis.

Plus tard, lorsqu'elle eut elle-même vieilli, — elle mourut octogénaire en 1852, — ses impressions du jeune âge s'étaient changées en un véritable culte. Devenue presqu'infirme, et pouvant à peine se traîner, elle se sentait attirée, comme d'instinct, vers la maison paternelle qu'elle avait cependant quittée depuis bien longtemps ; et, lorsque, après qu'elle était restée de longues heures dans une muette contemplation devant la chaumière bénie qui avait abrité son jeune âge, ses enfants inquiets la venaient chercher en la

grondant de sa longue absence, elle avait toujours la même
excuse à faire valoir ; c'est qu'elle avait voulu revoir, une
fois encore, la demeure que le *pauvre Joseph* avait visitée.

La pieuse femme qui, aux jours de son enfance, avait pu
contempler le serviteur de Dieu sous les livrées de la pau-
vreté, méritait, par le culte qu'elle lui avait voué durant sa
vie, de le revoir, au moment de sa mort, dans les splendeurs
et l'impassibilité de la gloire.

Depuis longtemps déjà, elle sentait que sa dernière heure
approchait.

Un jour, elle annonça à ses enfants, réunis auprès d'elle,
qu'elle allait bientôt partir pour le grand voyage, et que déjà
son conducteur l'attendait.

Or, en leur apprenant cette nouvelle, son visage rayonnait
de bonheur.

On voulut la distraire de cette lugubre pensée, en
essayant de lui faire entendre que c'était une illusion.

— Il est pourtant là ! là, répéta-t-elle, en indiquant du
doigt le coin de l'alcôve où ses yeux semblaient, en effet,
interroger un personnage invisible.

—Mère, reprend alors sa fille, dites-nous au moins quel est
ce conducteur dont la présence paraît vous causer tant de joie?

— Peux-tu le demander? C'est lui ; c'est Joseph !

Et, en prononçant ce nom, un sourire venait effleurer
encore ses lèvres mourantes.

— Mais, bonne mère, vous savez bien que Joseph est mort
à Rome, il y a déjà bien longtemps (1), il ne peut donc pas
être ici aujourd'hui.

---

(1) Le 16 avril 1783. Il était né le 26 mars 1748, il n'avait donc que
trente cinq ans lorsqu'il mourut.

— Et, pourtant, je le vois ! C'est encore son visage maigre
et pâle ; ce sont ses mains blanches aux doigts effilés toujours
croisées sur sa poitrine ; enfin, c'est lui, tel que je l'ai vu
autrefois. Au reste, dit-elle à sa fille, donne ta main que je
la mette dans la sienne, et tu ne douteras plus de sa présence.

C'était presque l'épreuve proposée par le Sauveur à saint
Thomas. A la différence de l'apôtre, la fille ne voulut point
consentir à la proposition de la mourante qui suivit bientôt
son bienheureux pauvre. Mais, après vingt ans, la vue de
l'alcôve désert réveille, parfois encore, en elle, un sentiment
de respectueuse frayeur ; elle croit toujours y voir apparaître l'ombre du bienheureux venant annoncer à sa mère
l'heure du dernier voyage (1).

V

De tout temps, à Pertain, on a aimé les belles voix. Les
mémoires particuliers de quelques-uns de ses curés, pour-
raient, si Dieu permettait qu'ils vissent jamais le jour,
rapporter de cette disposition traditionnelle, des épisodes
presque tragiques.

A l'époque où le pèlerin d'Amettes visitait ce village, il y
avait réellement matière à cette admiration. Le *clerc laïc*,
c'est-à-dire, l'homme que la paroisse avait choisi pour lui
confier l'instruction de ses enfants et la direction du chant

---

(1) Renseignements fournis par la famille.

On nous a dit qu'à Villers-Bretonneux, la mort du pauvre pèlerin avait
été annoncée, la nuit qui la suivit, à une famille qui l'avait accueilli dans le
cours de ses pérégrinations, par un petit enfant, qui, certainement, n'avait
pu l'apprendre que par une révélation particulière du ciel.

de son église, possédait une de ces voix puissantes qui sont comme naturelles à notre Picardie, quoique nos nouvelles habitudes de vie et le peu de soin que l'on met aujourd'hui à les cultiver en aient diminué singulièrement le nombre.

Le bienheureux Labre qui avait dû, pour se faire plus sûrement recevoir à la Trappe, s'adonner d'une manière particulière à l'étude du chant Grégorien, n'entendait jamais sans bonheur, quand il lui était donné d'assister à un office public, le timbre aussi harmonieux que grave du clerc. Il allait bientôt, autrement que par de froids et dangereux éloges, lui témoigner la grande part d'intérêt qu'il lui portait.

Si Pertain, avec sa population assez nombreuse, sa belle et grande église, son prieur qui, sous l'habit blanc des chanoines de Saint-Quentin de Beauvais, tranchait souvent du grand seigneur, avait le droit de se montrer exigeant, l'homme de son choix avait bien un peu, en revanche, celui de croire à l'importance de ses doubles fonctions.

Hâtons-nous de dire que le digne maître n'en abusait point.

Jouissant d'une considération méritée au milieu d'une population qu'il avait faite sienne (1), et dont il était l'ami ; honoré de la confiance des principales familles des environs dont les enfants suivirent un certain temps ses leçons ; peu ou point contrarié par le puissant prieur auquel il n'essayait pas, du reste, de porter ombrage ; remarqué à différentes

---

(1) Il était originaire de Villers-aux-Erables, et son nom de famille était Clin.

reprises, par l'Evêque de Noyon lui-même, qui l'avait écouté avec admiration psalmodier dans sa Cathédrale, il semble que tout devait aller au gré de ses désirs.

Et cependant le brave homme n'était point heureux.

Marié depuis plusieurs années, il avait vu la mort, pour ainsi dire installée à son foyer, lui ravir, aussitôt qu'il les avait goûtées, les douceurs et les joies de la paternité. Plusieurs enfants lui avaient été successivement enlevés avec une telle rapidité que la plupart, hors d'état d'être transportés à l'église, avaient dû recevoir à la hâte, et dans leur berceau, le Sacrement de la régénération. Déjà l'imagination du peuple, frappée de cette persistance d'afflictions, s'évertuait à leur chercher des causes surnaturelles ; on parlait vaguement de mauvais génies, d'araignées mystérieuses qui suçaient, la nuit, le sang du nouveau-né, etc. Bref, quelle que fut leur cause, ces accidents n'en étaient pas moins, pour la famille éprouvée, le sujet d'un grand chagrin.

Or, un jour que Benoît-Joseph était à Pertain, il entendit parler de toutes ces choses, et voulut visiter cette famille affligée.

Sur le point de redevenir mère, la femme du maître d'école ne savait si elle devait se réjouir ou s'affliger, tant elle craignait de voir une nouvelle fois la mort frapper, à sa naissance, le fruit de ses entrailles. Le bienheureux consola les deux époux, et leur donna l'assurance que l'enfant parviendrait à l'âge mûr, pourvu que, quel que fût son sexe, on lui donnât, au baptême, le nom de Joseph. Il entrevoyait sans doute, dès lors, le rôle auguste que l'Eglise devait donner de nos jours au glorieux époux de Marie, dont son oncle, le curé d'Erin, lui avait donné à lui-même le nom ; et il pensait que, tout en l'invoquant comme patron de la bonne mort, on ne pouvait, pour la vie même, trop souvent recourir à son intercession.

L'enfant vint au monde ; c'était un garçon, il fut donc appelé Joseph. Plusieurs mois, puis plusieurs années s'écoulèrent sans qu'on vît s'altérer sa santé ; il ferma les yeux à sa mère, et arriva, enfin, comme l'avait promis Benoît-Joseph, à sa majorité.

Il était marié depuis six mois, lorsque son père, qui n'avait cessé de regarder le bienheureux comme le parrain et le protecteur de son fils, en obtint pour lui-même une autre faveur, plus précieuse encore, et qui fut la dernière.

C'était pendant les jours mauvais de la Révolution. Le prieur de Pertain avait disparu ; et l'exercice du culte était interrompu comme en bien des endroits. Omiécourt plus heureux, paraît-il, n'était point alors privé des secours de la religion, et le saint Sacrifice s'y offrait encore en dépit des dénonciations et des décrets. Le maître d'école, resté veuf, y fit dire, pour le repos de l'âme de sa femme, une messe à laquelle il voulut assister ; et, comme il était homme de courage et de foi, il y reçut la sainte communion, avec un sentiment particulier de ferveur.

Sans le savoir, il venait de s'armer pour le grand voyage. Il était à peine rentré chez lui qu'il tomba raide mort ; une attaque d'apoplexie à laquelle son tempérament semblait le prédisposer l'avait tué instantanément.

Quant au filleul de Benoît-Joseph, il mourut à quarante ans, et, dans sa famille, le nom béni de Joseph continue toujours, depuis lors, à former l'apanage des aînés (1).

---

(1) Ces renseignements nous ont été donnés par ses enfants.

VI

Tous les historiens du bienheureux, et, en particulier, l'abbé Marconi qui fut longtemps son confesseur à Rome, ont parlé des admirables dispositions qu'il apportait à la réception des Sacrements de Pénitence et d'Eucharistie.

Or, Dieu a permis que nos pays fussent aussi les heureux témoins de sa pénitence et de sa ferveur.

Toutefois, ce fut Marchélepot qui en eut plus particulièrement l'édification.

Le serviteur de Dieu qui, comme on le sait, était doué du discernement des esprits, avait sans doute distingué dans le jeune et vertueux curé qui conduisait alors cette paroisse (1), un guide aussi sûr qu'éclairé pour la direction de sa belle âme, car il est de tradition — et cette tradition est certaine, — que dans le vieux confessionnal que l'on voit encore aujourd'hui, à l'entrée de l'église, l'humble et pauvre pèlerin s'est agenouillé deux fois, pour faire connaître au ministre de J.-C., toutes les délicatesses d'une conscience angélique.

La première fois qu'il y parut, c'était un samedi : le curé confessait quelques personnes qui se disposaient à communier le lendemain. Le bienheureux, pendant sa préparation, poussait de temps à autre de profonds soupirs, et donnait de tels signes de componction et de douleur que les paroissiens et le curé lui-même qui ne le connaissait pas, croyaient avoir sous les yeux un de ces grands coupables que la grâce de Dieu a enfin touchés, et qui veulent revenir de leurs égare-

---

(1) C'était le respectable M. Vasset, originaire de Soyecourt, mort en 1822 avec une réputation bien établie de mérite et de vertu.

ments. Ces sentiments l'accompagnèrent jusqu'au Saint-Tribunal. Mais, quand il en sortit, son visage rayonnait d'amour et d'espérance.

Plus tard, lorsqu'il revint, il était mieux connu ; ses gémissements n'étonnaient plus les âmes pieuses ; et lorsqu'on eut vu sa sainte vie, et surtout qu'on eût appris sa sainte mort, si quelque chose les étonna parfois encore, ce fut de ne point éprouver à leur tour, auprès du confessionnal, les sentiments qu'il y avait laissé paraître pendant son court pèlerinage sur la terre.

Si la surprise du curé avait égalé celle de ses paroissiens, sa vénération pour son pénitent prévint et dépassa toujours la leur.

Une des plus précieuses faveurs que Dieu puisse accorder à un prêtre, c'est, sans doute, de lui faire rencontrer ici bas, sur sa route, une de ces âmes privilégiées destinées à réfléchir, comme dans un miroir bien pur, les perfections du Dieu qui les créa. Après l'école du Sauveur et celle de sa sainte Mère, il n'en est pas où il puisse faire une étude plus intime de l'humilité et de l'amour divin. Le curé de Marchélepot en jugea toujours ainsi ; et le spectacle que Dieu lui donna dans son église, de la ferveur et de la pénitence de son serviteur, fut toujours un des souvenirs les plus précieux et les plus chers de sa vie sacerdotale (1).

---

(1) M. Vasset s'est plu, différentes fois, à rappeler ces détails à plusieurs personnes, entre autres à Mlle d'Hautefeuille sa nièce, morte dernièrement à l'âge de 86 ans, et à M. Baloche, ancien curé de Pertain, qui porte encore gaillardement aujourd'hui ses 80 ans, et c'est de ces vénérables témoins que nous les tenons nous même. M. Vasset, à qui on avait écrit de Rome peu de temps après la mort du bienheureux, les avait également transmis tels, ou à peu près, que nous venons de les raconter.

Pour nous, qui avons eu assez souvent le bonheur de contempler l'antique confessionnal où Benoît-Joseph s'est prosterné, aux jours de son pèlerinage, pour y secouer, en
quelque sorte, de la surface de son âme, la poussière de
la route, nous ne nous en sommes jamais approché qu'avec
un respect profond, et, en le quittant, nous demandions au
Juge invisible qui s'est engagé à y ratifier les paroles de ses
ministres, les vertus du confesseur, et, surtout, la sainteté
du pénitent.

VII

Tels sont les souvenirs que Benoît-Joseph Labre a laissés
à Pertain et à Marchélepot. Nous avons recueilli ces précieux
vestiges avec toute l'ardeur que met le chef d'une grande
famille déchue à rechercher, dans le passé, les traces de la
noblesse ou de la valeur de ses aïeux.

C'est que, pour ceux que le présent ne peut plus consoler,
le passé quelquefois est encore une ressource.

Notre bienheureux, s'il revenait aujourd'hui visiter ces
mêmes villages qu'il a parcourus autrefois, y trouverait-il
encore la même foi, partant, la même hospitalité ? Hélas !
pour quelques-uns qui accueilleraient toujours volontiers le
pèlerin, combien n'y en aurait-il pas qui, sous ses misérables
haillons, ne voudraient plus reconnaître le pauvre de Jésus-
Christ ? tant les habitudes de bien être ont, de nos jours,
jeté de discrédit sur le dépouillement et la mortification des
saints !

Ces idées de frivolité et d'indifférence se sont fait jour
partout.

Pour ne parler ici que du lieu où nous avons recueilli ces

souvenirs, la commune, répudiant les antiques et religieuses traditions de la paroisse, a semblé prendre à tâche, il y a deux ans, d'effacer le seul vestige encore visible du passage du saint, en faisant disparaître son beau calvaire.

On l'avait, il faut bien le dire, démoli sans préméditation. Aussi, lorsque la butte fut aplanie, les arbres abattus, et qu'il ne resta plus, pour attester sa présence séculaire en ce lieu, que son piédestal en ruines, on se trouva précisément dans la position du sculpteur d'Horace qui ne savait plus quel parti tirer de son morceau de bois. Les uns voulaient en faire une place ; d'autres pensèrent à y construire une école ; quelques-uns, enfin, et c'était, hélas ! le petit nombre, tenaient à ce qu'on y rétablît un calvaire.

On fit le plus facile, c'est-à-dire qu'on ne fit rien.

Quelques personnes, heureusement, se sont montrées plus fidèles au souvenir du bienheureux. Une descendante des familles visitées par lui, pendant sa vie mortelle, vient de faire placer sa statue dans l'église, afin que là où il avait prié, on pût venir l'invoquer à son tour.

C'était une excellente idée. Car, si les individus ne peuvent plus attendre leur salut des sociétés, les sociétés au contraire, semblent n'en avoir à espérer que des individus ; et c'est vraiment dans cette œuvre de régénération que le peuple, s'il essaie un jour de la tenter, se montrera vraiment digne de la souveraineté qu'on lui fait ambitionner aujourd'hui dans un mauvais but, mais qu'il exercerait alors avec profit pour lui-même et sécurité pour ses gouvernants.

Pour hâter ce mouvement, il nous faut, revenant aux traditions religieuses de nos foyers, multiplier autour de nous ces œuvres de foi privée qui doivent en favoriser l'extension ; il faut, en un mot, rapprendre à aimer ce que nous ne pratiquons plus, les vertus du pieux pèlerin d'Amettes. Trop longtemps, dans notre pauvre France, nous avons regardé la gloriole et le bien être comme les fondements les plus solides que nous pûssions donner à notre félicité ; l'édifice n'était bâti que sur le sable, faut-il s'étonner qu'il se soit écroulé ? Aujourd'hui, que nos illusions sont tombées, et que nous avons vu la nécessité de recourir à de plus solides garanties de prospérité et d'avenir, relevons-le, sur la crainte de Dieu et le respect de l'autorité, sur l'humilité et le détachement ; établi sur ces bases, nous ne craindrons plus de le voir renverser, car nous l'aurons mis sur la terre ferme, à l'épreuve des vicissitudes du temps et des violences des révolutions.

FIN.

AMIENS. IMP. DE LENOEL-HERQUART.

www.ingramcontent.com/pod-product-compliance
Lightning Source LLC
Chambersburg PA
CBHW061633180626
46818CB00005B/2354